一點一點流光

洪丹 著

推薦序

認同請你分享：讀洪丹詩集《一點一點流光》

徐珮芬

一邊讀洪丹，一邊有什麼東西正在慢慢流出來。

「我到底看了三小啦？」我問自己，一邊清楚知道這不是問句。滿滿的鄉民喂如蓬勃的樹冠往天空長，在爭奪日光之際不忘溫良恭儉讓（或是害羞地避開了對方）❶。這應該是大部分人對洪丹作品最直接的反應。

但我怎麼覺得哪裡怪怪的，有點細思極恐的Fu。

「練完以後你走了／直到今天／我還在痛耶」「粥兒覆屎，你可不能負我」。我一字一句棒讀給在身旁滑手機的詩人朋友聽，自己皺起了眉頭：「這孩子還好嗎？你聽，居然寫出了『我並不害怕／大不了／不笑／不走路』這樣的句子……」

「妳眼睛濕濕的是怎樣啊？母性收好，不要亂噴發。」年紀比我長的詩人朋友見慣風浪，忙著手指在手機螢幕上作畫（這下才恍然大悟原來他是在玩陰陽師）。

我想起學生時期曾擔任文學獎新詩決審會的工作人員。當天座中有位含金量爆表的課本教材級詩人，溺愛入圍作品中一首很有PTT廢文感的小品。「哇、哇哈，逗死了……」他捧腹顫抖的樣子，讓身為總召的我，開始思考距離會場最近的AED裝置在哪。

語言是如此新鮮，保存期限比粉刺還短。作品中的某些哏，很可能過兩年就沒有人記得了（想想臺灣人常以精美的記憶力自居），搞不好再過沒幾年，當你說「三小」的時候，已經沒有人聽得懂你在說三小了。

所以如果現在我是決審會評審的話，因為領了錢的緣故，我會正色地拿起麥克風，對著臺下膠原蛋白破表的清純臉蛋們低聲警告：「這樣使用大量的鄉民哏和時事哏某種程度上是危險的……」（想到這裡真是感恩讚嘆，榮幸受邀擔任這本詩集的推薦人，而不是文學獎評審，不用將頭髮梳成大人模樣正經八百地講幹話。）

離題了，我要說的是語言是如此新鮮而人類何其守舊。青山剛昌擺明在撈夠錢之前，都沒有要讓小蘭等到她的情郎（我也是從灰原哀的年紀開始等結局，等到快變阿笠博士了），可是我們都心心念念著某些小事：冒著被揍的風險，跟把拔凹了半天，好不容易才拿到，卻瞬間失手掉在地上的棒棒糖；在租書店看到隔壁班那個長得很像羽山秋人的男生，一臉酷酷地翻著《最終兵器少女》同時下面一大包……

破掉了。我們背負著越來越多的笑話長大，考上五年五百億的大學是為了日後得五十肩。到後來連傷心這兩個字都不要講得太清楚，怕螢幕另一端正在撩的妹子覺得你娘。於是你一邊害怕自己在傷心，一邊流暢地打出「我在桑心」。

喜劇是最難的，我認識太多人寫喜劇劇本寫到重度憂鬱症。在我看來洪丹很擅長在詩的開端擲鉛球／拋繡球，滾回來的卻是顆被咬過一口的蘋果，還是乾淨漂亮的，但沒有人想吃了（你怎麼知道它有沒有ㄉㄨˊ？）。

這是一本特立獨行的詩集，比起散場的電影院、咖啡杯緣的唇印和哭濕的枕頭，我們更常看到的是綺夢、ㄧㄡˊ ㄧ和一劍浣春秋。對我來說這是很厲害的事情。對我個人來說，Leo 王唱的《弟弟怕姐姐》是詩，以點點點（「……」）體為名的勸世專頁「財哥專業檳榔攤」❷是線上詩刊，句句充滿大智慧的淨空法師更是影響我鉅深的當代詩人（如果有誰有微言我會跟他搏命）。所以我覺得這是一本非常可敬的詩集，太多句子讓我不知道自己一點一點流出來的，到底是什麼東西（好想猛搖作者的肩膀）。

你問我的話，我會說，親愛的朋友早安午安晚安，和你分享一個聽來的養生概念：最近有本詩集叫做《一點一點流光》，讀了會蒸蒸日上每況愈下，認同請你分享。

（本文作者為詩人）

❶樹冠羞避效應，詳情請自行查閱維基百科或私訊作者。
❷偷推一下自己喜歡的詩平臺。

推薦序

小小失序

陳雋

諧音笑話是所有笑話裡面最無聊的，能講的人不多，大部分又拾人牙慧。以前讀中文系，卻找到一群喜歡講諧音笑話的人，不過說喜歡好像也不太像，那更像是身體裡有哪條線接錯了，不得不然（登費雪）。

我只是沒想過，洪丹可以把這些諧音笑話寫成一本詩集。所以在他找我寫序的時候，我一時也不知道該多說點回憶好，還是多說點諧音笑話好。（你不是應該要推薦人家的詩嗎？）

讀洪丹的詩，我總是會不自覺想起過去的那些日子。詩在書裡，好好的，大家可以自己去看。但這人，我還想多說些。

所以我打算，盡我所能，把所有的諧音笑話拿出來寫這篇序，以向這位重要的友人致敬。

諧音笑話，真的很難笑。我們以前的規則是，誰先講出一個最難笑的諧音笑話，他就贏了。

洪丹第一次跟我討論這本詩集那天，我們剛參加完一場葬禮，一個以前系上朋友的葬禮。那場葬禮滿滿荒謬的氣息，我們站在路邊邊說笑邊沉默，沉默的時間慢慢的比笑語還多。

我有點忘了當時的談話內容，但我們應該講了很多跟死亡有關的諧音笑話。說完，總是會笑著說：「哎呀，好不吉利啊！」然後說一個更不吉利的諧音笑話。

吉利，這幾年我們聚在一起的時候，常常掛在嘴邊。它像是一個我們很需要的東西，但我們總要一直開一些不吉利的玩笑，彷彿講得越不吉利，離我們越遠。

比如討論去醫院探望罹癌的友人，問要送什麼，第一要說「送鐘」，跟老諧音笑話致敬，然後可以講西瓜（臺語），就有人會說鶴駕西歸、綠蠵龜之類，或是送福壽螺，福壽全歸（這時候福壽螺能不能拿來送禮已經不是很重要了）。

我其實不知道從什麼時候開始，這種有點黑色幽默的自娛方式，竟成了某種情感上的依賴。我們之間流行一種溝通方式，誰說了什麼話，稍微跟回憶有點關係，另一個人就會說「痛哭流涕」，後來再簡寫成「痛」。

但這幾年我們再聚，常常會需要說一些好話。或者是，有些事其實痛得合情合理，再也不像一句玩笑。有朋友就這樣悄然離開了，愛過的人就這樣不告而別，或是以前最好的幾個人，突然有誰默默留下一句罹癌的消息。一切太重的事情，都發生得很輕。（得大腸癌的，是我們很好的朋友，那年我們在他的病床邊，說他大腸〜癌小用，有化療，沒話聊。）

再更之前，我們會一起騎車到遠一點的山裡面玩，可能去坪林，也可能去復興鄉（復興鄉的男人叫做復興漢）。有一次騎車，洪丹載我，我們玩了一個路上看到什麼就要唱什麼的遊戲。第一個是茶莊，我們就唱茶莊～茶莊，聽起來很像擦撞，洪丹罵說幹太不吉利了，換一個。看到地上寫 SLOW，就唱 SLOW ～ SLOW，結果變成死囉。又太不吉利，再換。檳榔攤出現了，就唱檳榔～檳榔，很像病人（的臺語）。後來我們就放棄這個不吉利的遊戲了。

算一算也不是多久以前，如今卻覺得很遙遠。

那年山上有時有山櫻花，我們會找一塊地一起看星星。所有的星星我只認得天狼星跟獵戶座，天狼星是水藍色的，洪丹以前寫過一個劇本，把他喜歡的女孩找來演女主角，裡面的男主角（就是他自己）看到天狼星，會變成狼人。後來女孩去了很遠的地方。

有時候會有營火，不一定是為了什麼營隊，可能只是要為誰送行，送去當兵。可如今想起來，誰要入伍好像也不是什麼了不起的事。

洪丹大我兩歲，他本來要延畢，我以為他還會在學校陪我們再打一年球，那會很好玩的。每天去學校都不知道要做什麼，都可以打給他一起去練練身體，或鬧點事，等著晚上練球。

但他不小心把自己弄畢業了，我只聽過不小心沒算到學分畢不了業的人，但沒聽過不小心把自己弄畢業的，也算一絕。但那年我其實滿失落的，寫了一篇長長的文，回憶以前的事。我也曾想過，為什麼當個兵而已，要有這許多感傷。我猜，大概是因為那次他不小心畢業，已經提前宣告我所習慣的大學生活要結束了。（建議他以後可以去念IMBA，就可以說，唉～延畢咧？）

人如果只是想著來日方長，那該有多幸福。

我那篇文章的名字，叫做〈兵變〉。不算諧音笑話，也沒有一語雙關，只是借了這個既成的詞彙，說了一個更單純的字面意思。

後來洪丹就被兵變了，真的兵變。

命運像是在開玩笑，洪丹多年以後想起這篇文章，不甘示弱，寫了一篇名為落榜，實際上也沒內容的文章（就是一篇廢文啊），隔一年我就落榜了。

但那時候我落榜心裡悶，家裡也不好過，親人又走了，洪丹卻有點悔不當初，開始安慰起我。不過我其實沒有很需要那些安慰，我自己調適得很好，但那個日子我卻一直記得。

他總在你最困頓的時候會出現，所以這人其實不太吉利（依幾哩薩係）。

有一次，我們去看表演，那年〈Sky fall〉很紅，洪丹就發明了一首〈the 十塊four〉的歌，然後拿出四個十塊錢自己跟自己玩，後來還變成伍思凱 four。那是我印象比較深的一個笑話，因為那首歌，他只改了一句話，結果自己唱了一個晚上的第一句，還拿出很多十塊跟五十塊當道具。

有時候，我覺得他是用生命在講諧音笑話的人。

有時候，我覺得全部的生命，如果只剩下諧音笑話，其實很幸福。

就這樣，洪丹把這些生命都寫在詩裡面，詩裡面有很多他愛過的人，有的離開他（比如兵變的那位），有的放不下。我原也以為，世間所有的詩，都是情詩，而洪丹的情詩有生命裡的無聊瑣事，一不小心卻可能是某段青春日子的全部。

就這樣，我寫下這篇詩序，一切失序，人謂之無常。而我們之間，原也無償，不計代價，酒後再找代駕，待價而沽。

（本文作者為作家）

各界推薦

所有信以為真的，那些美麗的欲望，都在詩的諧音裡，一點一點，流光，那些光，不在眼眶打轉，便成心願。

在洪丹的詩裡，詼諧與寂寞，字與字之間，有時會發現，一個世界。

——作家　文字慾

喔
這個是 詩集 耶
那
我也來寫個詩 回敬 好了
讀一讀讀一讀
洪丹的詩很多我們身邊的事
好像很多講到愛情
那
我來寫個

身邊的愛情事

###

我知道你是愛我的
因為你隨身攜帶葉克膜
有時我快死了
有時我活蹦亂跳
你都適時將葉克膜插入我的體內
我知道你是愛我的
你說葉克膜可以讓我活比較久可以保鮮我的器官可以賣比較好的價錢
我死了後這筆錢都歸你
你知道我是愛你的
如果是愛家公投人士
由於是主內弟兄姊妹
我們可以算便宜一點
約為外國人價格的一半

###

這詩好像也蠻適合放入這本詩集

###

這詩好像不適合放入這本詩集

——瘋狂搖滾傳教士　朱頭皮約信

洪丹作為知識（滋事）分子，擅長以諧音笑話，將網路哏拼成了當代社會的預言、欲言與寓言（還是浴鹽？）創造議題，諸如性別平權、勞工議題的同話，或者童話。在一次針心推薦。

——想想論壇作家　江昺崙

如果你後悔曾經放蕩卻懷念年少輕狂，如果你想跟同性結婚或與伴侶和解，如果你愛到卡慘死、加班沒加薪，如果你自備環保筷、充滿童情心，如果你是異端基督徒、半路殺出工程師，本書保證讓你笑中帶淚，請一定要看。昺崙，再啦幹！

——清大中文系兼任講師　李威寰

活著就是一齣悲喜劇，被逼妥協，被逼變成活屍，漸漸活得失去知覺。洪丹卻以幽默為矛，狠狠刺穿這世界的假面，讓滴落的淚水滌淨疲憊的心魂。我在詩裡不是讀到行屍走肉的末日，而是有人相陪的黎明。

——《妖怪臺灣》作者　何敬堯

「獅潭」早有諧音詩，看似惡趣卻刺入語言延異的繁華密境。詩有可解有不可解，有美刺晦澀或直陳。除了莊諧的逸趣，《一點一點流光》更歪打正著符應《詩經》〈詩大序〉傳統，抒下情而通諷喻。《文心雕龍》的〈諧讔〉一篇，如今成了「諧音」一體，猶如那瘋轉的歌詞：「我以為我會暴富／可是我沒有」，由後視前，令人玩味。

——《讀古文撞到鄉民》作者　祁立峰

詩歌不總是只能抒情，洪丹藉著挖苦、詼諧、諷刺等等方式，來翻轉我們習以的日常，讓我們意識到他透過詩歌的異識來議事，他是義士抑是一杯義式，有點苦澀卻令人醒腦。在這情理易逝的異世，謝謝他仍在書寫軼事，讓我們的流光，不會一點一點流光。

——寫眞的　林季鋼

在崩壞前守住支撐自己的骨架，但不要害怕他們一點一點流光。在黑暗中找到自己的影子，找到等待自己的，一點一點流光。

——詩人　林夢媧

洪丹像是那個大喊「國王沒有穿衣服！」的小男孩，用他的詩，讓現實的虛偽一點一點流光，餘下生命的歡樂或悲傷，如流光（或鹽水蜂炮）般散落。

——作家／譯者　林蔚昀

勞工是我心底最軟的一塊，結果是最軟的那一塊，肉呢！虎姑婆笑眯眯的。近年勞基法兩度修惡，勞工休息時間越來越少，要合理的休息時間能用來愛人與被愛，找尋夢想擁有未來，有一天，期待虎姑婆不會吃掉勞工們的孩子！——空職工理事　林馨怡

要拿一件事情比喻洪丹的詩，我會說像美國流行的「meme」（哏）。諧音笑話、偶爾廢哏，諷喻時事，讓人無言又上癮，不小心一個下午就泡在裡面了。出來的時候身上的水滴還很難乾。——詩人　段戎

對於有光與無光並存的意象，在這本詩集裡面，發揮得淋漓盡致。讀洪丹的詩，很常讀著讀著，嘴邊勾起一抹笑，卻又瞬即在笑裡感受到如刀刺穿的楚痛。這種充滿趣味、調侃、諷刺的生活語彙，在他的精心安排下成為五味雜陳的詩，哭笑不得，十分過癮。——作家　追奇

名門出了奇葩，出手都是怪招。他鑽進語音、語義、語法的隙縫，取得獨特的原料，織成神奇的斗篷。你看他穿梭於廟堂與廣場之間，以機鋒，以內力，以詼諧，踹翻了那些老大顢頇者的門面，傳達庶民的心聲。這樣的詩是踐履性的，訴說即是行動，好笑所以有力，健步如飛，深情可感，蘊含著「我們這個時代」最火熱的聲音。

——詩人／臺大中文系副教授　唐捐

詩人洪丹有如童話中誠實的孩童，大膽拆穿「國王的新衣」，用直率的文字將我們熟悉的寓言故事偷渡成現實的幻境，將現實的荒謬透過詩意的語言讓人得以直視。

——詩人　夏夏

諧音哏、政治哏、時事哏都是最難一ㄎ永流傳的笑話，但洪丹傾一本詩集的力量給它們過肩摔，碰！狠狠地摔出一堆詩意，令人不禁讚嘆：才華就應該這樣浪費，不浪費不足以顯其富有。真想開他紅單！

——詩人　陳令洋

過去幾十年的臺灣，一句話就能讓人心肝結球的寫手，多半靠著幾種行當在過活：廣告文案、心靈雞湯、失戀歌詞。從而，雖然受雇者被糟蹋的鬱卒已經成了眾人共享的日常心情，但是，除了工運論述口號之外，還真沒什麼有滋味的字句能簡練表達這種賭爛。苦勞們只好下班後去KTV嘶吼幾條失戀歌來稍稍解氣。二〇一六年起的勞基法修法鬥爭中出現的、使用各種媒材的新一代創作者，像寫詩的洪丹，扭轉了這種失語狀態。雖然勞方最終輸了法條，卻贏得了自己的豐富聲音。福氣啦！

——世新大學社發所教授　陳信行

這是個比 Simon and Garfunkel 吟唱時，還要貧瘠的年代。

人們談話著，卻不是言說；人們張開耳朵，卻沒有聆聽；人們寫著歌，卻毫無心神迴響的曲調。莫說攪動驚擾，人們根本不曾覺察到 the sound of silence。

因此，誠心分享給你，洪丹，其詩、其心、其了然，《一點一點流光》，一種屬於沉默的聲音。

——牧師　陳思豪

洪丹的詩沒有知識分子那種令人望而生畏的視角，詩集裡出現的是「澳門首家線上賭場」「周星馳」「旅蛙」「循利寧」等等，以及種種富時代意義的諧音戲謔，記錄臺灣年輕人的生活姿態。在現代詩彷彿開始「復興」的臺灣，我想我一直在等待這樣的一位詩人，他的詩將成為我們往後的鄉愁。

——詩人　郭哲佑

洪丹把生活中一切好笑的、無聊的微小話語，用詩意打磨、拋光，那留下失去前記憶、回到相遇時場景的溫柔願望，讓我們的不堪竟有著靈光。讀著他的諧音笑話，你會遇見那詫異的轉折背後，一顆悲傷易碎的心。

——大學兼任講師　張純昌

笑著笑著就哭了，但哭著哭著又笑了。讀完詩集，讓人對文學再燃起興趣，讓人對追求公義又充滿力量。這既是正義的詩學，也是詩學的正義。

——作家　盛浩偉

總有人該挺身而出，將詩端上街頭，被更多人看見。這些詩或許令人發噱，看起來不太正經，但你卻不得不承認，詩就此進入了你的心——洪丹正是這樣一位詩人，一位詩的街頭藝人。

——媽媽詩人　游書珣

因為同為支持婚姻平權的基督徒，而認識了洪丹，相識起就知道他熱切於社會正義，常與陳思豪牧師一起出現在街頭，也常看他以幽默的詩句，寫下自身的情感、對社會的諷刺與期許，讀畢總是笑中帶淚。很榮幸看到他的詩集出版，願這一點流光，流入每個需要的心靈，以微光，照亮孤單的人的。

——基督徒性別平權運動者　喬瑟芬

洪丹的詩句中除了笑鬧，更多的是他心底的溫暖，他寫詩、他說諧音笑話，只為了讓你知道，他感受了你的痛苦，也讓你知道，無論生命再多磨難，也有人勉力讓你Don't失笑頻。

——只要有人社群顧問總監　葉家瑜

在很多年前，我就明白洪丹的文字甚好，只是我沒想過，會以推薦的形式與他重逢。命運也者，太多出人意料，或許洪丹正是深知如此——即使惘然雖在，只要藉由一點一點地寫詩，終究不勞青鳥探看，進而懂得流光的意義。

——詩人　楚影

這是人在窘途的悵情歌，有世態炎涼的喟嘆，也有愛不對人的荒謬離奇，有苦情的內心戲臺詞，有搞笑歡樂的動物性感傷，也有擲不出正確骰子那種徬徨和迷惘，宛如流螢秋光的語字，沿著城市邊緣把黑暗的窗一個一個點亮。

——詩人 銀色快手

一點一點流光，剛開始覺得這名字真文藝，後來才想到是一點一點流光。流光很美，流光很悲悽。名字很美，讀了卻忍不住說北七。可是北七，又有一點悲戚。

——沒用的詩人 睚

環境、土地、勞動、正義，那些我上街吶喊的口號變成洪丹的詩，那些我寫的嚴肅聲明稿與投書成了洪丹筆下的詼諧嘲諷與勸世，但，通常沒人聽我的，所以這個時代需要洪丹這樣的倡議者。

——地球公民基金會副執行長 蔡中岳

縱使諧音創作在近幾年來流行得有些氾濫了，洪丹卻能在一片機智與詼諧中，摻進一點點別人所鮮有的溫柔。哪怕溫柔是落魄的，看似玩世不恭的他，仍懷抱著對這世界的愛，而且愛得很深很深。

——詩人 蔡仁偉

我和洪丹是籃球場上的隊友。在球場上，看他左突右闖，撕裂對手防線；在球場下，他總愛說諧音笑話，頓時有種違和感。是的，在他身上，違和的事還多著呢！他讀中文系，後來去當工程師，本該寫程式的手，不知道為什麼，卻寫出了一本詩集來。你可以把《一點一點流光》當成諧音笑話，或者世道奇聞，但別忘了，他的本質是詩集。洪丹寫盡那些無光之所，讓你讀著讀著就哭了；但你也從他的文字，看見無光之所的盡頭，彷彿流洩著熠熠波光。這回，你讀著讀著就笑了。相信我，這是一本你絕對不容錯過的「詩悲秀」詩集。

——作家／教師　歐陽立中

洪丹的詩作中同時存在兩條音軌，在笑鬧中憂慮著，在悲傷中戲耍著，藉此獲得另種超脫。用拼貼、諧擬與笑鬧來抵擋人世的不堪，反倒展演了後現代情境裡的特殊悲壯，在這喧騰、破碎、表面的社會裡，看似樂天，其實逆向而行。十幾年過去，洪丹又帶我回頭看見李商隱的古典深情，看見身為現代人的快樂，看見當初那位無畏又好笑的少年，縱使早已被時間帶走，回想起來卻一直在那邊。

——詩人　蔣闊宇

初讀洪丹處女作，總為幽默雙關的文字及辛辣敏感的取材而會心一笑。但細讀之際卻見在歪斜作弄背後有著淺淺深深的哀愁，像是作者常用「你／我」對舉敘事；「你」固不必是某人，而「我」亦非必為作者，於是那些傾斜詼諧不如說是一種對平衡的尋索，在每個混亂不堪的時代裡，總有斯人提醒著期許光亮或者如何不那麼晦暗。這份追探之情與後續開展，就請一起試讀《一點一點流光》。——政大中文系兼任講師　謝獻誼

「最快樂的笑，往往最為悲哀。」不知為何讀著這本詩集的時候，腦海裡不斷浮出這句話。詼諧與幽默已經是我們對抗這世界所有惡意的唯一武器了嗎？如果是，洪丹的詩集正好給了我們那樣的勇氣；而如果不是，最為幸運的我們，也還有這些詩。

——美女詩人　羅毓嘉

中文系出來不寫詩要幹嘛？但反正學長最後也是跑去當 Java 工程師了。右手寫程式，左手寫詩。感性中見理性，沒選錯行，真是：不誤正業。很推薦這些佯裝成廢文的臉書詩。

——justfont 共同創辦人　蘇煒翔

自序

你願意走進隧道嗎？

九月底，氣溫偶爾涼爽，偶爾又爬升回炎熱的時候，五十二首詩終於寫、完、了！經歷了幾近崩潰的創作、修改過程，以為接下來總該一帆風順了吧？沒想到為詩集命名，才是最令人頭痛的挑戰。

「用成名作《勞工童話》當成詩集名稱怎麼樣呢？」編輯試探地問。

「好像有點老套耶……」我答道：「《Good 詩十九首》咧？」

「會不會太 Kuso 了點呢？有沒有較能凸顯個人特色的呢？」

「那叫《工程詩集》好了，有鑒於我是工程師，哇～～」

「會不會太科學味了點呢？有沒有文化底蘊多一點的呢？」

「《詩字老人》。」

「會不會太被時代洪流淹沒了點呢？有沒有切合時事一點的呢？」

「《瑪麗亞・詩克沃多夫詩卡・居禮》。」

「……」

「那《諧音詩路》，封面還可以做陰屍路風格，帥呆！」

「嗯……這可能要跟總編再討論看看。」編輯既苦惱又委婉地勸告我，我看了實在於心不忍。

「洪丹你曾寫過一篇文章，討論過隧道的盡頭有光或無光的狀態……」責任編輯說話了。

「要走惋惜隧道の心之俳句風格嗎？《惋隧俳開心果》如何？」

「是不是可以有比較文學性、悲傷的基調的詩集名稱呢？」編輯們按捺著脾氣。

「悲傷文學喔，那不然，《詩悲秀》？」

會議室的氣氛一時凝結。

編輯們一一轉過頭去，擦拭起臉上的淚水。

《詩悲秀》果真是悲傷基調呢。

我們認真討論了許多書名，其中一個是《隧道的盡頭有光》。

「隧道的盡頭有光」，是奇士勞斯基電影《白色情迷》的一句臺詞。我很喜歡這個意象，大學時修習方瑜老師的「李商隱詩」課程，老師曾在課堂上提出，此後我便時常想起。在後來的創作中，也反覆出現類似的隱喻，並且總不自覺地在每次面對「芳心向春盡」的處境時，心中冒出隧道的圖像。

不過，若要深究「隧道的盡頭有光或無光」的問題，很難說這本詩集是無光的，在詩作之中，多少還抱有一點希望；但我也無法斷然決定以《隧道的盡頭有光》當作書名，畢竟有許多作品，都在傳達消逝、離棄的感受，這跟書名會有些出入。

其實，與其二擇一，我更相信隧道之中，有光和無光的狀態同時存在。

想像你身處一條長長的隧道，隧道的盡頭還有一點光亮，但很微弱了，彷彿若有光，而這光還能滋潤著你，讓你往前走。你猜想，當你走向盡頭的時候，那個光亮終將消逝。隧道的盡頭是光，隧道的盡頭也是黑暗。

你是薛丁格的貓，不走進去，就不知道盡頭的明暗。

你願意走進隧道嗎？

這種在有光或無光狀態中「疑無路」的掙扎，或是不知明暗，便已義無反顧地走入隧道，比起單純有光或無光的揭示，更令我感動。然而，也因為無法取捨有光或無光，使隧道的名稱宣告腰斬。（編輯們又轉身過去拭淚了。）（遇上我這樣的作者，無疑是最無光的隧道。）

詩稿大抵完成之後，請段予婷閱讀我的詩作。她提到〈我都唸 ikea 你都唸 costco〉裡，「一點／一點／流光」一句，藉由「流光」詞性的轉換，不正能表達有光或無光的意涵？

如果把「流光」當名詞解，是漫天星光、水波粼粼，或是隧道中點點明亮。一首一首詩作流洩著熠熠波光，閱讀詩集，就是一段「擊空明兮泝流光」的過程。

如果把「流光」當動詞解，就像是義山的詩句：「可惜馨香手中故」，氣味、記憶在手中逐漸消逝，溫暖的水光，自身體流洩，而我無能抵抗。

可以是最明亮的點點流光，可以是流逝殆盡的無光狀態，當然，也可以是從熠熠光采，逐漸趨於黯淡的任一個時點。

發現了這樣一個流動的書名，興高采烈地與編輯們討論。

只是，我的心裡仍然忐忑，「流光」這樣一個略嫌幽微、晦澀的名稱，會不會因為難以被理解、接受，而必須重新發想呢？有光或無光如此大相逕庭的概念，真的可以順利並存於書名、書封設計嗎？橫跨情感、傷逝、婚姻平權、勞工議題、信仰反省、諧音笑話的內容，真能被好好編排、安置在一本詩集？

問題一個一個冒出來，我又被捲入了流光之中，我才意識到，這整本詩集，就是試著提問：

我可以被接受嗎？你願意理解我嗎？

會有人為我們等待嗎？在痛苦中還可以有希望嗎？

在唯有沾衣的承諾裡，還能勇敢的將芳心托予春天嗎？

在隧道的盡頭，會有亮光嗎？

看不見光的隧道，還願意走進去嗎？

十月初的早晨，騎車上班。剛騎出隧道，收到編輯傳來的 email，編輯們一致認同《一點一點流光》！

辛苦的編輯們在（作者已然陷入諧音笑話小宇宙的）驚濤駭浪、淒風苦雨之中，構想出前後書封、中西雙翻這樣別出心裁的設計。左翻有光、右翻無光，讓整本詩集成為一段隧道、一道流動的光影。讀者可以從無光的入口進入，漸入佳境；也能從有光的一側進入，慢慢走至無光之地。

我在安全帽裡歡呼起來！特意繞上通勤途中偏愛的小山丘，天上的雲碎碎的、小小的，陽光有時能流洩下來，有時不行，手臂有時被晒得暖暖的，有時被風吹得涼涼。

山丘上開了一些「不待作年芳」的小野花，隱隱散溢出幽香，一瞬間，彷彿真能讓人相信，即使走入了沒有光的世界，循著記憶中的氣息，還是能找到出口……

【流洩光光】

目錄

棄養

惋隧道症候群

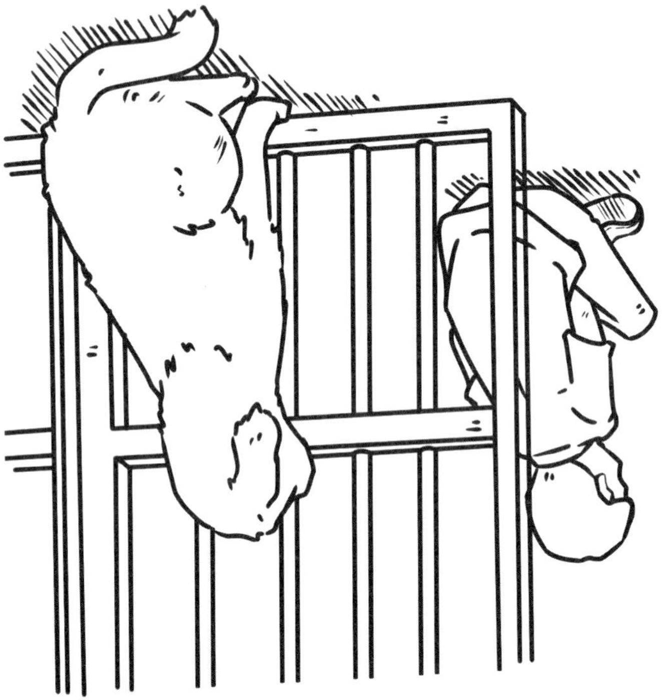

棄養

〈沙漏〉其二

這世界再也無法傷害我了
不要抱持任何希望
別跟我說什麼
隧道的盡頭有光
極力睜開雙眼觀看
只能看見黑暗
即使
仍然相信伸出手的人
但會有天亮的時候嗎？
雖然參加了遊行
心裡依舊偷偷想著
同志噁心死了
該不會真的覺得
LGBTQ 也可以結婚吧

有時誠心許願
那些提倡廢死的家人都該被殺
不懂到底要多反智才會說出
「反核，不要再有下一個福島！」
好想不顧一切地怒吼
先拚經濟再來考慮環保啦！
我啊，很早以前就無法同意
不要砍樹、拒絕巨蛋
或者
保護海龜、少用吸管
這一類的命題
你難道不曾想過
小農只是文青在鬼扯
勞工加班才有競爭力
其實我並不認為
露出乳頭也是女權
不露出乳頭也是女權

仔細思考就能理解
浪浪一個溫暖的眼神
比不過
價值上萬的純種貓狗
我後來發現
努力就能像課本說的人定勝天
不過不再自大地以為
依然可以為環境盡一份心力
沒錢
決定吹電風扇就好了
想到北極熊沒有家
之後
不爭氣地打開冷氣
一切努力都是徒勞
我也從不主張
受害者並沒有錯
一直很想大聲宣告

女生被強暴都是因為衣服穿太少
如果你說
我會刪你好友
也無所謂啦
……

妻子懷孕的政客
遺棄了
養了多年的貓
不願自殺的孩子
親手悶死
臥病多年的老父
學會上網的年輕人
不斷激怒
唯利是圖的老闆
挑起激昂的情緒
我不再因為新聞

過於真實而哭泣
為了虛構的神話
唱一首童年最愛的歌曲
看能不能遇到心儀的對象
找個輕鬆自在的地方
辦事
有錢就好
並不是只要
想找到真愛
就會心想事成的
儘管誠心許下願望
還是常常事與願違
如果生活並不順遂
朋友會永遠支持著你
前提是：你是富二代
嚮往的愛情真切存在
不再這樣傻傻地告訴自己

接住掉下來的人
學會溫柔、學會同理
才能找到機會
上一個人
結束以後沒有狠下心來忘記
原諒自己
選擇
努力在眾多不堪的選擇裡
把拼圖拼好
然後
不顧一切地把拼圖踩爛

說服自己已經盡力了
想想曾經做過什麼壞事
在夜深人靜的時候
回憶起你說的冷笑話

又能開懷大笑
衷心期盼著
逐漸把你忘記
我會一直提醒自己記得
這世界再也無法傷害我了

〈在啦幹〉

你不再逃避領養一隻狗的念頭
你不再把人想得太壞
你不再擔心一直都在的
後來沒有了
你不再害怕沒有人值得
我們奮不顧身去愛
你不再恐懼黑夜裡有人
點亮一盞燈
你不再渴望特定的回憶
消失
你不再懷疑電影迷幻的臺詞
像是只要感覺墜落
就能從惡夢裡醒來

你不在
逃避領養一隻狗的念頭

你不在
把人想得太壞

你不在
擔心一直都在的
後來沒有了

你不在
害怕沒有人值得
我們奮不顧身去愛

你不在
恐懼黑夜裡有人
點亮一盞燈

你不在
渴望特定的回憶
消失

你不在
懷疑電影迷幻的臺詞
像是只要感覺墜落
就能從惡夢裡醒來

在啦幹，PTT用語。針對在、再不分的貼文，底下便會出現「在啦幹」留言。延伸詞有「應啦幹」（因該）。

〈囚徒〉

「羿請不死之藥於西王母，姮娥竊以奔月，
悵然有喪，無以續之。」
——《淮南子》〈覽冥訓〉

嘿，還在難過嗎？
我啊，已經報名健身課程
練習單槓、硬舉
以及深蹲
哪天可以舉起自己
便自縛於弦上
朝天上亮晶晶的圓靶射去

嘿，你會笑我嗎？

我開始學習針線活
拿起箭囊裡的飛鳧
像流星對著夜空一針
又一針，繡上昨夜星辰
牛郎下了訂單
想替銀河縫上拉鍊
只是我學不會縫補大海
與天空的裂縫
看著跌落地上的翎羽
安慰自己
碧海青天的距離
不過是兩箭之地
一箭寄出
一箭退回

問你哦，你還生氣嗎？
偶爾我還是憤怒

盤馬引箭，想將一切圓潤
皆射落兕水
但只要聽見大風
呼呼作響
憶起曾經一箭
射穿大風的肺臟
便不再弓開滿月
僅僅站在青丘
對自己誇下海口：
「我已誅殺四方妖孽
征服世間所有阻礙」
然後絕口不提
不存在世上的屏障
只是信誓旦旦跟自己說
沒射出的箭，都領著你
守住修蛇封豨的傷口
重新找到鍾愛的生活

那你鬆一口氣了嗎？
我終於也懂得
找人諮商
射下九隻烏鴉以後
不再哭著醒來
我現在不怕做夢
每次想從夢裡帶走東西
便喝叱自己
「不屬於你的
不可以狠心偷走」
隨即困惑地詢問
「屬於你的
為什麼你都不要了」

嘿，那你還在後悔嗎？
我啊，已經下定決心

加入復仇者聯盟
好歹我也是個超級英雄
（何況鷹眼也早就退休）
請東尼史塔克借我鋼鐵裝
再學美國隊長在冰川裡冷凍
衡天月浪之中
我想緩緩向你泅泳

等我踏上
在水一方的星球
走過兔子藥局與那棵
總能痊癒的的樹
撫觸你
所在的一片廣寒
想知道曾刺痛金烏
至今仍然溫熱的箭
能否為你增添一點溫度

親眼看看靈藥承諾我們的永遠
是否僅限於鰥
寡
與孤獨

〈你說不叫醒睡著的人是一種溫柔〉

「原來張飛每睡不合眼，當夜寢於帳中，
二賊見他鬚豎目張，本不敢動手；
因聞鼻息如雷，方敢近前，以短刀刺入飛腹。」
——《三國演義》八十一回

遲到的南瓜馬車也是嗎？
玻璃鞋規律地
摩挲著腳跟
分不清是牢牢的鎖
或輕輕的吻
繼母與姊姊兀自睡得香甜
夢裡沒有什麼被遺落
街道上不曾躺著琉璃

失所的鞋
為了被割棄的腳跟
暗自流淚

壞掉的鬧鐘，是嗎？
讓你誤認時間
將停留在此刻
錯過早晨
開往遠方的列車
直到很久以後
站在夢境裡明白
雨不會停了

傑克爬上豆莖
偷走會說話的豎琴
也是嗎？
巨人醒來

焦急的眼淚成了大雨
人間的聲音是否不夠
為什麼連唯一傾訴的對象
都要奪走

暗殺張飛的小卒是嗎？
發覺有人睡著
無法閉上雙眼
明白有人深深痛著
也無力哭喊
就能乾脆地將匕首
戳破甜甜的夢境了

是嗎？

水底等待的冤魂
諾亞拒絕的子民

依舊抱著柱子的尾生
誤解滅頂大水
只是另一場惡夢
相信你會把陽光捧在手中
大步走來
天亮了，夢裡的雨
你將溫柔地喊停

裝睡的人是嗎？
站在不會停的雨裡明白
並不是夢境
才決定往後
不再被誰叫醒
輕輕柔柔地睡著了

〈福音〉

「你要盡心、盡性、盡力、盡意愛主你的神，
又要愛鄰舍如同自己。」
——《路加福音》十章二十七節

你要盡心盡意盡力
愛你的神
你的仇敵
還有你爸爸之外
遇過幾次
卻沒交情的鄰居
你要盡心盡意盡力愛你的神

你的仇敵還有你爸爸
之外
遇過幾次卻沒交情的鄰居

你要盡心盡意盡力愛
你的神你的仇敵
還有你爸爸之
外遇過幾次卻沒交情的鄰居

我愛你
我要毫不掩飾對你展露
肚臍，讓你偷窺所有
我的不堪與自溺
當你因為違背福音
被貶入地獄
你就成為我最親近的鄰居

如果你不愛我
我依然願意盡心盡力
將進入天堂的福音
傳揚給你

我會一個人
暗自竊喜
期待你打開窗，發現天堂
與地獄
只有一面牆的距離

〈不再講飲料杯笑話了〉

有些班機
不再搭乘了
總想起臺灣人
踢下美國人、日本人
一個人活了下來

有些插座
不再插上電器了
上次我這麼做，後來
很不方便

有些願望
不會完成了
不去想吸血鬼會不會渴望

變成衛生棉
禿頭老先生
失去了恐怖片
再也無法嚇到
頭頂發毛
即便有神
要完成我所有心願
也不再欣喜若狂地說：啊唷
屌爆了

有些路
不再走了，只記得
你說要遺忘
就像避開車潮中唯一
逆向的那輛
一樣簡單

直到我也啟程
才發現
逆向的車
成千上萬

〈結帳〉

有時候以為我是
一張發票
記錄著你買過的髮飾、軟糖
以及
一整個下午的陽光

身上有著獨一無二的序號
每次對獎
都為你帶來希望
期待你會將我好好摺疊
收藏，想像自己
不會流落在
救救孤兒、流浪漢的發票箱

有時候誤解我是
一支簽字筆
讓專橫的時間，你的思緒
靜靜流過我
在簽單上留下
走過
就不再回頭的足跡

我想在最重要的地方
停止黑色的淚水
逼迫你對我呵氣
說服自己這就是最溫暖的
呵護了。呵呵

最好你願意甩一甩我
這是我最罄竹
難書的復仇

我不許你
不甩我

有時候承認我是
一張顧客意見調查表
所有你覺得太甜、太膩的味道
已經悄悄
在箱子裡收好

你決定忘記的回憶
都留在箱子裡
還在箱子裡
跟再見糖果
擺在一起

〈要不要練一下〉

「明天要不要臥推？」
啊不好意思我有點累餒
已經厭倦
把沉重的東西推離胸口
又得反覆
讓它靠近

「明天要不要練腿？」
啊可是我覺得很煩欸
上次都說力竭了你還是
不願讓我休息
需要你幫忙
你卻說你再也沒有力氣

想要試試新的東西
你又自始至終
占住那裡
占著器材，讓我
看你自拍
從不離開

「明天要不要練背？」
好是好啦不過
之前跟你一起
練完以後你走了
直到今天
我還在痛耶

〈我是一顆膽小的棒球〉

不是直球是一顆
失投的伸卡
得以被手套緊擁
以前，已經下墜

喜歡一壘牽制
勝過盜壘刺殺
不願觸身
寧可被擊出安打
即使打者
微笑著上壘
依然覺得疼痛

欽佩觸擊的第四棒

儘管也想過
飛到遙遠的地方
期待裁判比出界外的手勢
所有的遺憾
可以重來

害怕經歷一場
來回奔走的夾殺
在壘包間不斷傳遞
彷彿有人愛你
擔心成為全壘打
所有人看著你
失速，一概
無能為力

害怕主播激動大喊
「這一球～漂亮！是德州安打！」

輕輕落在
三不管地帶
想起曾經有人
承諾
將
輕輕地接住我

害怕終於
下定決心離開
主審卻宣布
這球界外
所有的故事
都得重來

〈每次去吃蛋包飯她總是睡個四腳朝天〉

相信有一天我也能露出肚肚睡覺
毛線球不再打結
尾巴上沒有跳蚤
打呼不是太大聲
柚子的熱量不高
奴才願意愛著我
我也願意愛他們的狗
對街的貓
可以分享我的飼料

相信有一天你也能露出肚肚睡覺
相信這個世界不會傷害你
湯姆總能遇見傑利
叮噹法術

不斷守候著美琪
相信不會有人利用你的相信
你的微笑都是真的
蔚藍藍的天
不會突然下起大雨
悲傷的時候
貓草爬出罐子外
蔓延在空氣裡

相信有一天可以
野外露出
不怕坦胸露乳
不怕被看見
私處

相信有一天
我們的午睡也能香甜

〈除法〉

除掉夢
裡頭我是猛虎
在你懷裡輕輕呼嚕
除去打雷
時候你是蛟龍
喀喀在雲裡淺笑

除盡床
餘下的香氣
除掉早晨初曙
光影，在你我之間
強忍著碎意

除掉一時安靜

便會墜落的擔心
除去眾多天使
藏匿著醜惡的怪物
其實是我
那樣的恐懼
除了自己
你便不致毀棄
這種傷心

除了這些
我都願意

〈旅蛙補天〉

寫好的明信片
遲遲無法寄出去
特地買的土產
送不回你手裡

天空破了一個洞
時而有光
時而有雨
時而有花
捎來你的氣息
時而有鳥
倏忽飛過
遺落你
常唱的歌曲

時而看見飛機
畫上天空的雲
像小蝸前來拜訪
拖著長長黏液
想起蝴蝶羨慕我們
走過就能留下痕跡

想請誰
將井的蓋子蓋上
我試過了
跳不出去

〈我的志願〉

我想我不能
當合成物質的化學家
因為我曾經
試著把純粹的元素
碰撞最真摯的物質
最後它們變成什麼
至今我仍然看不清

我想我不行
當計算概率的數學家
因為我曾經
相信猴子有臺打字機
給牠無限的時間
就能敲打出莎士比亞全集

但根據我的觀察
沒有人像你
即使他真能說出
你說過的每個字句

我想我還無法
當善於觀察的量子力學家
因為我曾經
把最喜歡的貓
關進盒子裡
後來牠是死是活
至今曖昧不明
（本實驗沒有任何動物受到傷害）

我想我沒有天分
當曖昧不明的詩人

他們說一首好詩
不能記敘得過於詳實
但我停在你家樓下那家沾滿油汙
每次一起倒垃圾經過總會滑倒的車行
的機車總是沾染上你家隔壁羊肉爐攤販
工讀生圍成一圈邊抽菸邊生火你快步逃離的
灰燼

陪我
走到很遠的地方去

所以我想
我還不行
因為我曾經
因為我曾經

薛丁格的貓

〈薛丁格的貓是死的，還是活的？量子力學的詭論〉

無限猴子定理

〈猴子／打字機／神奇寶貝？〉

〈誤解〉

愛人說我愛你
我說我也是
愛人後來才理解我的意思

我們的愛如此相像
你願意為我
犧牲自己
我也願意為了成就一段
更美好的感情
放棄你

愛人說我恨你
剛好，我也是
只是你還能選擇

離開我的生活

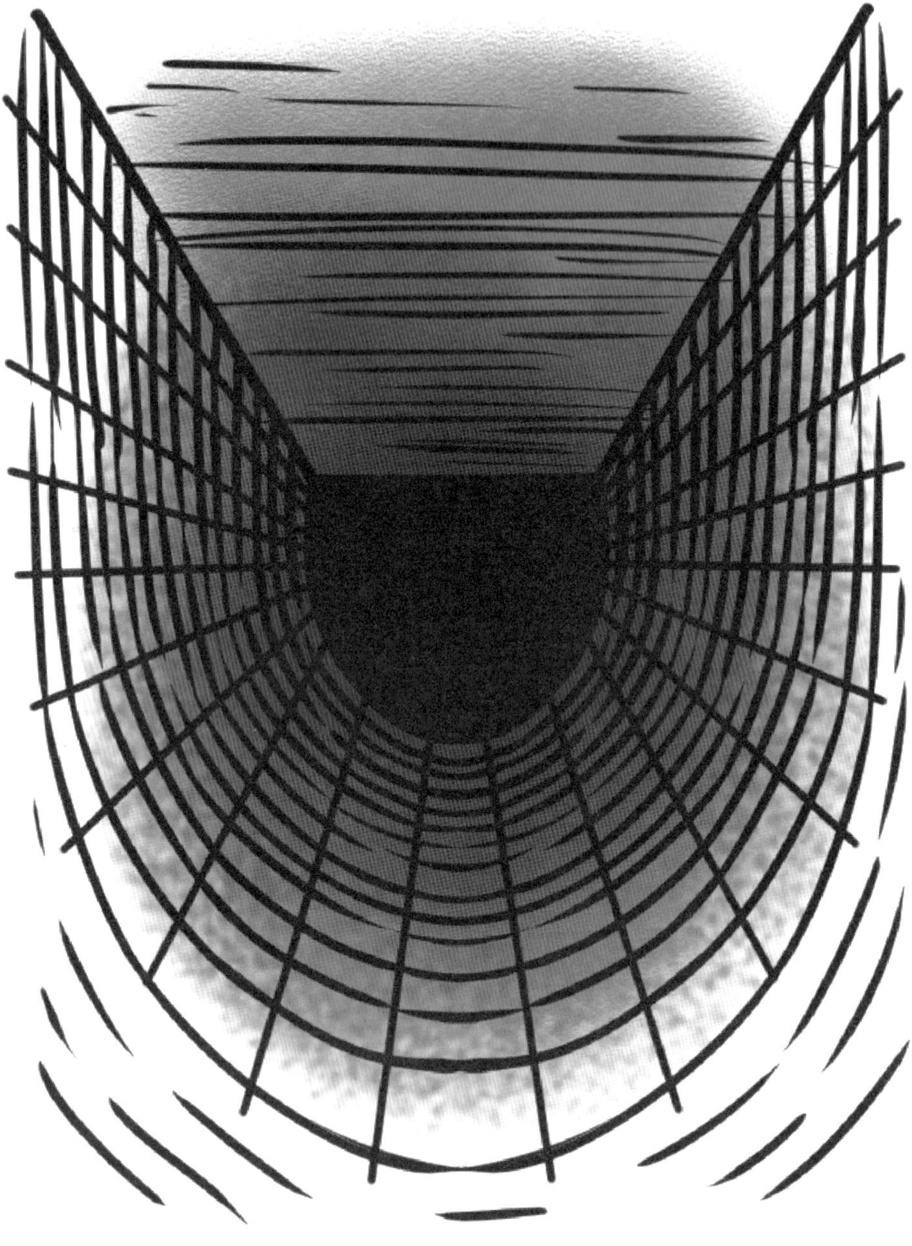

惋隧道症候群

〈就算大雨讓整座城市顛倒我會給你環保〉

喜歡塑膠吸管
喜歡塑膠微粒
喜歡那些日常但最後成為傷害的東西
都被海龜吃進肚子裡去

喜歡北極融冰
喜歡海平面上升
喜歡月光下的泡影
其實是雙腳換來的歌聲
王子從頭到尾不知道美人魚

喜歡全球暖化
喜歡暴烈盛夏
喜歡甫出門迎面三十七度撞擊

像是擁抱另一個人

喜歡溫室效應
喜歡過多的二氧化碳氣體
喜歡想像缺氧
是你吐出的殘餘氣息

喜歡過度包裝
喜歡集結成袋破碎的小東西
誤解回憶可以打包
輕易丟掉

喜歡獵殺白鯨
喜歡看巨大的哺乳類
死前淌出淚水
錯信海底無光的某處
能把遺憾溶解

溫暖鬼魅

喜歡愚公盜採砂石
喜歡夸父喝乾河水
喜歡女媧焦急補天
盤古眼裡日月滅絕
喜歡吳剛永劫伐桂
喜歡嫦娥室內烤肉
喜歡蚩尤吃地溝油
喜歡神農氏嚐百草
不小心吞下福壽螺

喜歡瀕臨絕種
喜歡開冷氣殺殺北極熊
喜歡冰山融化
喜歡海洋汙染、雨林遭伐
喜歡糧食危機

喜歡臭氧層破壞喜歡酸雨
喜歡這一世不宜人居
喜歡二〇一二年
人類搭著太空船離去
我在這荒廢的星球
繼續搜尋你的遺跡

我喜歡所有的不環保

我討厭
陽光找到沉落湖底的
太陽能板鑲在我的開關旁永動

我討厭瓦礫堆下有嫩芽
而我比大樹長壽

我討厭陽光聞起來像你

嗅覺的影子太長
夕陽離日落太久

我討厭你的信號傳來
在星球的某個角落

〈結局〉

只有三隻小豬相信
聖誕老人是真的
慘死在煙囪下

鞋貓被活屍咬到
躲進薛丁格的禮物盒
思考盒子外面的世界
有人不能好好活著
同時無法好好死透

皇后誤食毒蘋果
跟神農氏葬在同一座墓園
科學家表揚她為毒物界的貢獻
終於宣稱她是

最美麗的女人

湖中女神霸占
阿公的金孫
金針菇、金龜子、一罐金蘭
湖底油、數張金士頓記憶卡
兩本金瓶梅小說
她好奇遺落失物的人
為何不再開口
有些人丟下金斧哭天搶地
有些人遺失更重要的東西
從此變得加倍沉默

夜裡大力士神
背走山谷與溝壑
他將心愛的沼澤
藏在不起眼的角落

他不知道時間之神
會將珍愛的一切偷走

我要把所有偏執的結局
一一投入水底
再稟告女神：我所丟下的
「係金ㄟ！」
請祢儘管對我
巧取豪奪

我只是想
悉心藏起寶物
你就成為我最珍貴的湖

〈我只想跟你一起看周星馳電影〉

我想跟你演一齣
對手戲，我要當你的對手
開場就默默死去

我想跟你踢一場
少林足球，我要當你的裁判
球證、旁證，加上主辦
都是你的人

我想推薦你一套
中國古拳法
擊退阿諾舒華
讓你沿途的風景
總是如花

在娘子與牛魔王鎮守的火山
依然找到寶物
——一隻糖做的老虎

我想為你吞服一帖
含笑半步癲
你如果哭哭，家中有嗚
又有甜
花了很久很久時間
發現你是
要你命三千
「除了毒性猛烈之外
味道還很好吃！」

我想跟你打一場
生死擂臺賽
賭上斷水流大師兄

最愛的哇殺比
我要施展金蛇纏沾手
抓住你就不放開

你卻背對我
什麼也不做
我只好乖乖站著
還記得你說
在坐的各位
都是垃圾

我想為你抵擋
床底下的每隻怪獸
（神擋殺神、佛擋殺佛）
天黑了，請閉上眼睛
我當你的懦夫救星

讓你的綺夢
快樂又安靜
天亮的時候
我將第一個為你搖鈴
（你有沒有聽過：噹噹噹噹噹？）

我想送你一具
月光寶盒，用不斷反覆的來世
數遍雲彩的顏色
希望你找到蓋世英雄
作你遲來的夫婿
猜中前頭
也猜中結局
如果你已經試過好幾次
仍然改變不了命運
沒有關係

我只想跟你一起看周星馳電影
消耗我所有的微笑
長長的路途用無敵風火輪
慢慢擦掉
直到風火輪愈來愈小
愈來愈小
直到你宣布
抗議無效

我並不害怕
大不了
不笑
不走路

小記：靈感源自詩人徐珮芬〈只想和你一起玩大富翁〉（《在黑洞中我看見自己的眼睛》，頁十八）

〈滄海〉

#曾經滄海難為水
曾經
你是滄海
我是小小的
水

天空沉默
不雨的時候
我要向你奔去
把蒐集了整個旱季的眼淚
都流進你身體

擁抱我（溶化我）
別再

難為我

#擊空明兮溯流光
像流星
空靈而明亮
直到身體
流光

#愛人如己
愛人如己
是最卑微的願望
我的愛人
跟我一樣

可惜愛人如戟
愛人都好勾錐
如勾如錐

一次就勾破了我

空明滄海
瘦成小小的水
還是想把最後一滴眼淚
隱忍成明珠
託付桑田

〈杜雷斯的五十道陰影〉

相信我
第一次見你
就覺得
好屌

說服我
將你緊緊套牢
並且鄭重承諾
不會讓我滑落
在晦澀難解的隧道
我便願意無視
眾多鳳毛
讓你成為
我唯一的麟角

遺憾我
不是螺紋、顆粒
而是超薄
身上的精心設計
只為了讓你
感覺不到

原諒我
總是在你面前
蜷縮得很小
避開所有
美好，是因為懼怕
經歷一陣狂喜以後
依然被丟掉

舒展我

令我更加赤裸
更加無視
我的害羞擠壓我
將不屬於我的空氣帶走
再倉皇失措地充滿我
生來，心中
就留了個只進不出的位置
要為你守成一道
隘口
難攻易守

等待我
很久
很久以後
才成為彼此的形狀
安慰我
即刻

又成為各自的形狀
有沒有一刻
擔心我
破了碎了，身體裡有關你的一切
逐漸流光

接受我
展開最無情的復仇
你遺流下的回液
我會一一回收
讓你空前
並且從此
絕後

〈重訓百家〉

臥推的是儒家
捲腹的是法家
深蹲的是農家
伸展的是道家
有氧的是縱橫家
量體脂的是名家
到處搭訕的是墨家
調配乳清的是陰陽家
自拍的是小說家

〈服裝論〉

穿 T-shirt 的是儒家
穿合身的是墨家

穿嘻哈的是道家
穿吊嘎的是農家
穿球衣的是名家
穿囚衣的是法家
穿名牌的是名家
穿雜牌的是雜家
穿束衣的是 Ninja
穿內衣的是老人家

〈方法論〉

金字塔的是儒家
倒金字塔的是名家
德國壯漢的是法家
Stable 練習的是墨家
Euro Training 的是縱橫家
什麼都有練的是雜家

什麼都沒練的是咱家
看心情練的是道家
看妹子練的是縱横家
看拎 X 練的是（闇）陰陽家

〈長相論〉

帥的是贏家
儒墨道法陰陽名農雜小說家
皆為其他

〈聲音論〉

聲音大的是鳴家小的是默家
音量剛剛好的是儒家
飄逸的是道家拘謹的是法家
叫得像殺豬的是農家

聲音好聽的是林宥家

〈該該叫論〉

推 10kg 沒叫推 50kg 才該該叫的是儒家
推 10kg 該該叫推 50kg 該該叫推 100kg 也該該叫的是墨家
還沒推就該該叫的是名家
推完想想應該該叫的是法家
隨著冷氣強弱而該該叫的是道家
感知到明日暴雨而該該叫的是農家
該該叫由盛轉衰的是陰陽家
伸展的時候該該叫的是瑜家
推 4kg 該該叫的是政治家
推 4kg 就再也叫不出來的是文學家
推 180kg 該該叫的是勇氣可家

〈形象論〉

周遊各個器材的是儒家
被自己搬來的槓片壓住的是法家
覺得跑步機不算跑步的是名家
做到一半開始煮雞肉烹小鮮的是道家
遊說你加入會員的教練是縱橫家
主張在重訓室看見鬼魂的是墨家

〈目的論〉

增肌的是儒家
減脂的是法家
追求線條的是道家
想練穀飼頭的是農家
想辨認二頭跟三頭的是名家
想 po 臉書寫故事的是小說家

把槓從這邊拿到那邊得到一千塊的是法家

想守住器材不給別人用的是墨家

〈再說〉

——蔡英文為一年兩修勞基法向國人致歉

原諒大野狼啦
牠都已經為了兩次
拆毀房屋
誠摯地道歉
至於其他過錯
例如想把小豬
煮成親子火鍋
那個之後
再說

原諒秦檜吧

他也為了十二金牌
久久地下跪
至於陷害忠良、背叛岳飛
再說啦
都是莫須有的罪

原諒孔明嘛
人家為了七擒孟獲
發明了饅頭
至於孟獲的家鄉
生靈塗炭
哪比得上趕上班的早晨
一份饅頭夾蛋
（再說
塗炭不夠
你可以塗巧克力呀）

總統都為兩度修法
向國人致歉了
你們怎麼還在賭氣呢？
怎麼架起帳篷
在拒馬環伺的總統府前
阻礙交通
還讓本黨立委在立法院
辛苦留守
至於對付五人
要動用上千警力
至於工資、工時
當初的承諾
唉呀那個我們以後
以後再說

再說
勞工也有加班的需求

再說
各行各業淡旺季不同
再說
整體產業結構
兢兢業業坐在立法院裡
看電影的立委
一定比在風中雨中
小確幸的勞工
更懂

再說
勞工跟雇主可以協商
你們有任何需求
這不是跟我說
請你
再去跟你老闆說

再說
政府聽不見，你可以拍桌
人民的聲音到凱道就停住了
請你不要偷懶
越過千萬名警察
爬過蛇籠
再來大聲說

再說
我們歡迎勞工存款
只是先把財團荷包填滿
我們鼓勵休假出去玩
只是請先超時工作
再來談補休
至於你問
曾經承諾的
怎麼沒有了

那個再說

勞工滿意地點頭
竟有一股幸福感
溢出胸口
以後不必工作
就能養家餬口

都聽你再說
就飽了

至於休息、生存
幸福
與信任
只好等待以後
再說

〈三年三班手工薯條超級好吃〉

我開始練習
自己安慰自己
「妹妹，你在哭什麼
來阿姨這邊算命好不好？」

再突然皺起眉頭
對著自己說明
並不是因為前世
作為一包麥當勞薯條
此生才心甘情願欠詐
只是以為在三年三班苦等
就能喚來
超好吃的陳志豪

我開始練習
自己詢問自己
「妹妹，你要聽嗎
你要聽實話嗎？」

接著模仿鄉民跳進去又跳出來解釋
並不是因為你前凸後翹
我才對你哭泣
或微笑
只是因為短視的記憶裡
你總是屬於遠方的
阮月嬌

我開始跟著 Michelle 小精靈
自己學英語
為你的標題
畫上許多星星

再浪費半個小時
畫一隻變形金剛
為你抵禦文字裡的
魑魅魍魎，從此不再擔心
處女座
又醜又胖

我開始模仿算命阿姨的口吻
「這包吼，不會貴
十六萬八一路發
其實不會強迫你買啦」
然後彷彿聽見
口氣懷疑的美眉
跟自己嫌貴
於是更加憤怒地回嘴
「什麼貴，保你 mean 餒！」
眼神像伸出手的大野狼

堅定且期待

然後我要抱住自己肩膀
誠懇地坦白
我不要
過於靈驗的保護
只是想在前方多舛的路途
跟你共飲
一杯大冰奶，不加珍珠
在甜膩的時刻不信
不被遺棄的命運
在最恐怖的惡夢裡
就不必想起
曾經被吻醒

最後我開始練習
自己幫自己算命

若我不信
我要用誠懇的說詞
威脅自己

帶著啦，好不好？
之前有人不信邪
現在不在了
他現在
不在了

如果我信
我要用幽傷的語調
告訴自己實情
之前我曾深信
現在不在了

他現在
依然不在了

〈有些事情是真的〉

有些事情是真的
白雪公主與白馬王子
過著幸福快樂的生活
直到他們的孩子長大了
並沒有長高

大野狼吃掉壞心婆婆
與小紅帽長相廝守
青蛙王子發表論文
用一個吻
推翻進化論
魔鏡召開記者會說明
美醜這件事是很主觀的（請不要再來煩我）
國王依舊赤裸著身軀

抱著義肢在海邊張望
小美人魚幻化成泡泡
至今都沒有破掉
這些事情都是真的

真的
請相信我

悲傷的時候
小天使在你身旁
被遺忘的鐵斧
女神會好好收藏
潘朵拉的寶盒裡沒有
醜惡、苦痛、病，只有希望
還有希望
有些事情是真的
純屬幻想

有些事情是假的
睡著
曾有王子吻醒我
天黑了，鞭炮總是
驅走年獸
神的國度裡
沒有羊走失
第一萬隻羊的皮毛
如夢境般柔軟
香甜

也有些事
難分真假
像是愛莉絲的夢境中
那杯魔法沏成的茶

喝完就能變成巨人
阻止兔子
跳出我的童話

〈品泉公投結果〉

三個和尚：沒水喝
一個和尚：沒水喝
兩個和尚：另外給他們飲水機
拿一樣的水喝

一個和尚＋一個尼姑

：有水喝
並且有耶穌基督
一視同仁
五倍的祝福

〈澳門首家線上賭場下線了〉

曾經你是最幸運的快遞
運送美女性感睡衣
手上握有全世界最美麗的姓名
後來為了被雨水模糊的地址
傷心欲絕

曾經你是圍裙少女
登上極樂快餐車
一臉鎮定
但是身體在看不見的地方
悄悄決堤
來往的顧客不在乎
你體內的怪物

沒有遙控器可以喊停

曾經你是衣不蔽體家政婦
總是盡心扮演灰姑娘
想著午夜到來
要跪求老司機
讓你跳上透明南瓜馬車
開往大感謝祭現場
你的心裡還惦記著
卡在牆上的學生妹
沒有王子救她下來

曾經你是變態歐吉桑
摟著過於年輕的未亡人
在盛夏海灘獻唱
東京琴瑟派的歌曲
——爺爺想騎媽媽的話……

你總是唱到這裡
導演就喊卡
等你回到住處
只剩下初戀女友
（你的右手）
願意聽你唱完
——閃閃的淚光
魯冰花

曾經你是從順女友
如果他們說要去囉
你總是說好啊好啊
一起去唷
可是至今只有完成
唯命是從溫泉旅行
你其實懷疑這樣的你

究竟能去哪裡

後來你瞥見窗外的風景
想起說好一起看的雪
為什麼沒有人
要去了

曾經你是
無法停止地上上下下
那輛故障電梯
困住地方媽媽
對著每個門外
走遠的腳步聲詢問
近來好嗎？

並且祈禱
終於有人聽錯

〈Re:〔創作〕我想當你的新上人〉

我想當你的新上人
我要參加你的告別禮拜
——誦你離開，千里之外
我要為你長長地誦念
辦一場史上最久的法會
直到有人提醒我
誦經千里
終須一別

我想當你的新北市長
每天在你途經的路口剪綵
想離開
就能一無罣礙離開
競選失利

想回來就能回來

我想當你的新老師
可以輕鬆自在對你說出
新理化

我想當你的工藤新一
所到之處必有詩體
恐懼的時候打開手錶
就能安穩睡去，不用擔心你
變小蘭阿姨
不用害怕時間
悄悄帶走你

可以永遠像個孩子
看你睡著
模仿你的聲音

解開所有謎題
發現你是我的真相
殘酷且唯一

我想當你的國王
把國王的新衣
慎重穿上
想像你變得質輕
透明
再也不必害羞
可以完全赤裸

直到我們遇見
誠實的小女孩
直到我發現
你其實不在

隧道的盡頭是黑暗，
也許即使走入了沒有光的世界，
循著你的氣息，還是能找到出口……

一點一點流光

洪丹 著

國家圖書館出版品預行編目資料

一點一點流光／洪丹 著；-- 初版 -- 臺北市：圓神，2018.12
208 面；14.8×20.8公分 --（圓神文叢；241）
ISBN 978-986-133-672-5（平裝）
851.486　　107018320

Eurasian Publishing Group 圓神出版事業機構 用心與你對話・視野無限寬廣
圓神出版社 Eurasian Press

www.booklife.com.tw　reader@mail.eurasian.com.tw

圓神文叢 241

一點一點流光

作　　者／洪丹
內頁插畫／Muta胖虎
發 行 人／簡志忠
出 版 者／圓神出版社有限公司
地　　址／台北市南京東路四段50號6樓之1
電　　話／（02）2579-6600・2579-8800・2570-3939
傳　　真／（02）2579-0338・2577-3220・2570-3636
總 編 輯／陳秋月
主　　編／吳靜怡
專案企畫／賴真真
責任編輯／歐玟秀
校　　對／歐玟秀・林振宏
美術編輯／金益健
行銷企畫／詹怡慧・黃惟儂
印務統籌／劉鳳剛・高榮祥
監　　印／高榮祥
排　　版／杜易蓉
經 銷 商／叩應股份有限公司
郵撥帳號／18707239
法律顧問／圓神出版事業機構法律顧問　蕭雄淋律師
印　　刷／祥峯印刷廠
2018年12月　初版

定價 320 元　ISBN 978-986-133-672-5

誌謝

這本詩集的完成，要感謝許多人。

謝謝我的女友彭郁舫，總是不斷鼓勵我，無論我的詩作是好是壞，都告訴我：「我好喜歡！」

妳讓我知道無論我在什麼境地，都不會被遺棄，都會被愛。我因此有繼續創作的動力與勇氣。

謝謝段予婷，為我的詩作提出寶貴的意見，讓我的詩有更好的品質，妳帶給我珍貴的靈感與經驗，成為滋養的養分，我的詩集因此能長成一棵獨特的樹。

謝謝陳思豪牧師，不只因為你獨排眾議將〈勞工童話〉刊登在教會週報上，讓我有嶄露頭角的機會，更因你是我信仰的導師，一直是我腳前的燈，人生路上的光。

謝謝我的編輯，賴真真、吳靜怡、歐玟秀，你們熱忱而專業，並且有開闊的胸襟（容忍我的胡鬧），你們讓這本詩集獨一無二！

謝謝我的朋友們，忍受我各種奇形怪狀的靈感轟炸，謝謝你們願意理解我的詩、我這個人，你們接受了我，我才更愛上詩。

謝謝我的媽媽張素筠女士（她一直很擔心兒子的詩集沒人買），謝謝阿母義無反顧的支持，做我溫柔的依靠，讓我學習成為一個柔軟而堅強的人。

謝謝我的父親洪群英先生。很遺憾這本詩集來不及讓你看見。但我一直記得阿爸用我的電腦——手指生硬地在觸控板上滑動，讀我的詩。我會用你教我寫的字，繼續寫下去。

一點一點流光

Good 詩十九首

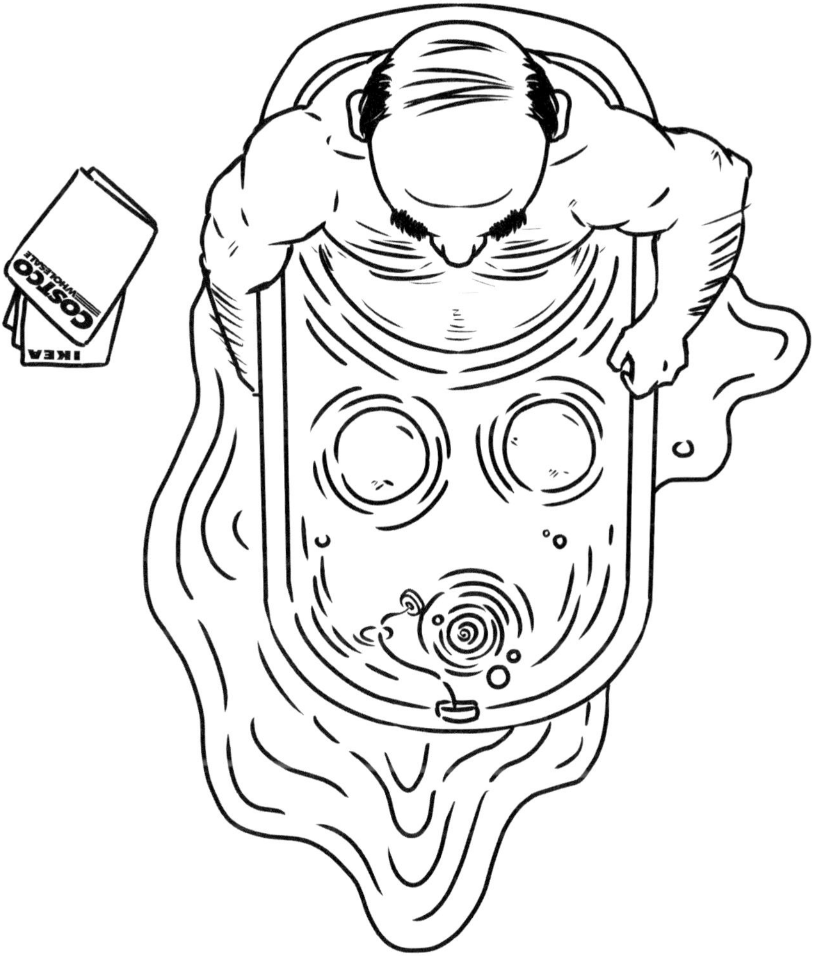
COSTCO
WHOLESALE
IKEA

一點一點流光

〈沙漏〉

為什麼兩個人笑著笑著就哭了
我的心裡總是充滿疑惑
看到一對情侶相視而笑
我便感到莫名悲傷
他們後來淚流滿面
也無法覺得好一點
別人
傷害
我
讓
我
燒成
灰燼
命令
愛過的人
緩緩唸出
一道咒語
眨著眼睛畫下
閃亮亮的星星
夢一一長出印記
這些已經沒有關係
只是因此變得更加害怕
終於學會治癒自己的魔法
一個人哭著哭著也可以笑了

〈諧音情人〉

我要對你發脾氣
才能理所當然地告訴你
你布署於我！
我也部屬於你

我要當一個天文學家
好奇你怎麼不來找我
我每天
都需要觀星

我要當你的執行長
每天早上聽你說：
"Hi C.E.O"
我想問你到底
害羞什麼

我要當一把美工刀
為你把生活
多餘的邊邊剪去
期待你恍然大悟：裁紙家人
就是我們的關係

我要偷吃你的水果
想你親口對我說
你賠我
我就會轉化成脂肪
無論你多想甩掉我
都願意重到腹側

我要當你的酒駕監護人
盡我所能
與你藏藏酒酒
還要偷偷把安全帽收起來
讓你不騎不戴
不受傷害

但我不要
當你遺漏的那盤小菜
只能在結帳的時候告訴你
沒點，是你的筍絲

不想再說諧音笑話
怕你終於聽懂了
為我感傷

〈勞工童話〉

——你哭著對我說童話裡都是騙人的我不可能
是你的幌子
也許你不會懂當你說勞基法修正以後我的
天空心心都涼了

#三小豬

用稻草蓋房子
颱風來
吹散了

用木頭蓋房子
被定為古蹟
自焚了

用磚頭蓋房子
縣長來
拆掉了

現在的我
跟大野狼住在一起

牠不願吃掉我

牠說房貸
還有很多
一起付
比較沒那麼久

社會更和諧了

我現在相信
從此以後
幸福快樂的生活

＃重聽女神

樵夫告訴女神
我掉的是鐵斧頭

女神說
你如此老實我必須
獎賞你一些
加班時數

我掉的是鐵斧頭呀

女神緩緩沉入湖底：
「聽見了，勞工的聲音，我都聽見了」

＃虎姑婆

好深好深的夜裡
乖乖的孩子睡著了
他們的父母
並不

虎姑婆來了
一口吃掉加班的父母

然後感性地說：勞工
是我心底最軟的一塊
肉

＃作功德人

女媧補完天
八小時後輪大夜班

照著自己的形象
捏出許多泥人
都是女生

沒有男生
無法繁衍
行政院長聽見
人民叫苦連天

它勇敢地建議女媧：為了更美好的未來
請妳作公的人

＃小美人魚

用聲音交換了雙腿
希望王子可以
回頭看我

取走我聲音的巫婆
說什麼也不願意替我
說

我只好在皇宮外徘徊

不斷播放錄音帶

巫婆忽地出現
罵我太不認真
當年她是怎樣走上街頭
叫賣
摻了毒的蘋果

說完她跨上掃帚
帥氣地
飛走

小木偶皮諾喬

試問以下何者會莫名其妙變長？

1. 小矮人
2. 鼻子
3. 看色情影片
4. 工時

（複選題，除工時不倒扣以外，其餘答錯倒扣）

〈我都唸ikea你都唸costco〉

心虛的時候
喝光你的厚奶茶
藏起你的會員卡
讓你即使失望
仍然無法退貨

生氣的時候
把你煮成瑞典肉球
問你是不是
靠北歐

害怕的時候
把你組成櫃子
再躲進去上鎖
讓你驚覺黑洞裡
住著怕人的
怪獸

傷心的時候
把你裝潢成浴缸
一邊注滿溫暖的水

一邊拔掉塞子
使你明白我如何無能
抵抗，只好
一點
一點
流光

你要走的時候
送你許多名言
家具

讓你一不注意
把我們的家
放回心裡

〈循利寧〉

以為是專屬的安眠藥
我服了你
就能安心睡著

以為是過期的胃散
I 服了 U
倒也胃腸不可

以為是安慰劑
I 老服 U
也沒有關係

以為是彼此的毒藥
誰也不服誰
才是最佳解

如果這一切都無所謂
騎腳踏車
輾過你的雙腿
如果你也會痛到

流眼淚，問你
那你怎麼沒有感覺

如果你還是輕鬆地說
明天天氣，因該很好
在多痛苦，也能微笑
凡事樂觀，別想太多
怪物來了，你就逃跑

我會去你家
放火，燒毀你的生活
一切習以為常的溫度
等消防隊終於救出受傷的你
問你怎麼不逃？
想像你終於弄懂
啊腳就麻去
是要怎麼跑

請給我一種藥
吃了能讓雙腳好好的
好好的麻掉
被心愛的人開車撞倒

也能安穩睡著
不期待記者前來訪問
感覺不到桌底下的勾引
聞到熟悉的氣息
不必倉惶奔到遠處
躲避身體裡的火警
知道沒有人聽得見
便不再向圍觀的人群大喊
哈囉，我在這裡

〈自己發明的遊戲〉

有時候傷心
就想跟你玩鬼抓人
只想站在你面前，聽你大喊
換你當鬼！
每次都是保證
我不是一個人

有時候疲憊
就想跟你玩鬼抓鬼
期待七爺露出長長舌頭
舔過棒棒糖的畫面
陪著牛頭馬面
逛充滿人類的動物園
悄悄告訴他們
不必再害怕了
我會跟你逃往
允許誠實的地方
習慣沸騰的馬路上
再也沒有人
啟程找尋我們

有時候孤單
就想跟你玩人抓鬼
想跟包大人商借
深鎖冤魂的烏盆
在上頭種滿各種顏色的花卉
等著包大人開堂詢問：
花黑盆？

再趕緊送他
拿罐罐誘拐來的
地獄三頭犬，開心地祝唱
開封有狗
包青天
期待總是扮黑臉的月亮
也能笑到併鬼

還要報名密室逃脫
化身成佛陀的法杖
詢問目蓮如何擊破
不存在的天門
如何在生活裡
恆定地搜尋
並且確信

只要我找到你
你就不再是幽魂

想向定伯請教
騎馬打仗的祕訣
為什麼背負彼此涉過深河
依然向深信你的靈魂
吐口水
讓愛過的鬼魅
往後不再變形
為什麼將懷裡毛茸茸的綿羊
丟在市集裡兜售
不去想如何贖回
也不曾憐憫鬼魂
一無所有
無法再死一遍

有時候沒有理由地絕望
就想跟你玩人抓人
只想觸摸你
因為逃跑而飄起的衣角
輕柔的質地
更加確認我們之間

沒有流離失所的魂魄
沒有人是神

〈我不要當你的馬子狗
我要當你的馬子螻〉

下輩子不
願當比較愛的人，不
願如狗一般卑微
進食也不
在你的微笑後面
鈴鐺一響，身體說不
嘴巴卻很忠實地
垂涎

下輩子我
要當你的馬子螻
選在完美的時機點
爬經你進食的桌面
讓你將我壓碎
的時候，終於伸直大拇指
為我按讚

死了
我要發出噁心的異味

讓你終於為了我懊惱
後悔
並且無可奈何地
記得我的氣味

你願意
跟螻蟻道晚安嗎？每晚
每晚
對著我的屍身
說股奈我要上床
去碎了

啊！螻蟻尚且偷生
粉深邃骨的再下輩子
作為你的螻蟻
我要去外面偷生
做你多產的蟻后
為你孕育一整窩
尋回美好的螞蟻

我已經做好所有準備
要好好當你的馬子螻
學會螞蟻的溝通方式

腳都長好了

卻聽到你唱

蟻后
別做朋友

〈Java練習〉

private static void javaPractice()
私有的、靜態的、無回應的 java 練習

巧遇了許多如果
遍歷錯誤以及
！真實
直到 i 被初始化
日子興高采烈進入迴圈

精心設計一段
錯誤百出的 for loop
說服你把 i++
就能一直待在迴圈裡面

不需要縝密的邏輯
只要你在那裡
系統自動印出 Hello World
寫一段進不去的黑洞
讓人無法相信
初見時第一個微笑
會變質成 Hollow

儘管一開始充滿錯誤
只要註解起來就好了
寫好理想的建構子
讓新的故事順利開始
將 Parameter 以童話人物命名
每次執行交叉測試
都期待著王子
聽見美人魚的聲音

加一段 Getter, Setter
順利取得 Spring 的基礎
在 Todo Comment 豪邁地註記
未來想做的事
——用 Java 寫一首情詩
整個程式
都是我的咖啡館
一起祈禱藏著 Bug 的瑪奇朵
終有被重構的一天

可惜還是犯了
Java 新手的失誤
誤解 continue 是繼續下去
而不是跳離

設定好的路途
誤以為 i 可以克服一切
即使 i 逐漸不再是 i
依然可以 try
不曾想過的例外
也總是能 catch 起來

直到程式的最後
沒有 else if
看不見其他如果
才知道你的 if statement 裡面
i 走不到 99

執行 else 區塊
你的 function 還在運轉而我這裡
什麼事都不做
看起來不像你的如果

```
private static void javaPractice(){
    if(areYouThere){
        // do something
        System.out.println("Hello World");
    }else if(!true){
        // do not believe in
        System.out.println("Hollow World");
    }else if(count == 1){
        for(int i = 0; i < -1 ; i ++){
            // String start = "Mistake";

            // Constructor
            javaPractice();

            // Name Parameters
            Boolean isSnowWhite = true;
             Integer dwarfs = 7;

            // Test new story
            FairyTale kissPrince =
                new StorysBegin(isSnowWhite, dwarfs);

            // getter, setter
            setApple(isPoisoned);
            getVoiceByLegs(mermaid);
```

```
            // TODO: Write something we will do

            // Java Bean
            JavaBean coffeeShop = cafe.macchiato(bugs);

            if(i != i) continue;

            try {
                System.out.println("Keep trying");
            } catch (Exception e) {
                // TODO: handle exception
            }

            if(i == 98){
                break;
            }

            System.out.println("forev...");
        }
    }else{


    }
}
```

〈海邊的卡附卡〉

我想求求你幫我辦一張附卡
我會在你起床的時候盜刷
讓你驚訝我又買了奇怪的玩具
讓你也能體會
付出許多
只得到一張收據
在你扼腕沒用上 coupon 的時候
終於明白什麼是
錯過可惜
灑在你身上的一方陽光
逐漸離散
我想讓你忘了留意

我要為你刷很多很多房子
付款的時候我們會一起許願：
安得廣廈千萬間
大庇天下
三隻小豬與大野狼
俱歡顏

我要在房子落成的時候剪卡

怪手開進童話小鎮
一一拆除高塔
我想親眼見見長髮公主
坐在平地哭泣
金髮尤誤
成為多餘的升降機
長長的瀑布凝結成湖水
男孩依然每天
為她梳頭
像貪心的樵夫
搜尋金斧的下落

我要從湖中升起
把你辦的附卡送給他
請他多買幾輛怪手
為那些被拆毀的童話
蓋一座冬暖的家
小矮人將有各自的房間
小紅帽輕輕牽起大野狼的手
遺忘了炎夏

待時序如帳單
一一遞嬗

來到危急存亡之秋
我會很帥地說

「上吧十萬伏特附卡丘！！」

因為附卡真的很秋

我答應你
等春天來
我將帶你去看大海
撫平大海起起伏伏的幽傷
為你蒐集浪花
辦一張海邊的卡附卡
卡面是沙灘
海水淘洗後像鏡子一般
我想跟你留下足跡
開卡後立即簽名

你卻說你已經
申辦了 Apple Pay
以後你只需要自己
就能付費
我拿著很有信用的卡片

還有我的財力證明
想問你還需不需要
我的簽名

〈你的心思如此複雜鬼才知道〉

開始寫下
最聰明的情詩
閱讀蒲松齡跟李賀的著作
在詩壇馳騁絕無
僅有的鬼才
我相信
你的心思如此複雜
鬼才知道

開始練習
最討厭的數學
報名最困難的檢定
學習愛因斯坦與牛頓思考的方式
期待論文像顆蘋果
落在天才環伺的期刊
我相信
你的悲傷如此深邃
天才曉得

開始想像
童話最完美的結局

小矮人的單戀得以繼續
美人魚學會筆談，或打手語
小紅帽家門裝上指紋辨識機
因此大野狼再壞
都不必在井底
孤伶伶死去
我相信
你已經成為我的誰
我的心意如此明確
誰
無法理解

〈來不及〉

——致反同婚公投

來不及
在皇后怨妒的眼神
包裝成蘋果的劇毒裡
將我輕輕吻醒

來不及一起飛
到更高的地方
那裡陽光溫柔
捨不得燒融翅膀

來不及期待
一群人的公平
不比另一群
更加公平
害怕還有選擇的時刻
做出錯誤決定

來不及造一具方舟，歡迎

凡有血肉的活物
※ 每樣兩個，一公一母 ※
浮沉於被遺棄者的淚水，記得
偶一回首的鹽柱

來不及等
愛世人的神
學會愛我們

來不及悲傷
就必須牽手
一起迎接惡意

來，
不急，
在皇后怨妒的眼神
包裝成蘋果的劇毒裡
將我輕輕
吻醒

來，
不急，
一起飛到更高的地方
那裡陽光溫柔
捨不得燒融翅膀

來，
不急，
期待一群人的公平
不比另一群
更加公平
害怕還有選擇的時刻
做出錯誤決定

來，
不急，
造一具方舟，歡迎
凡有血肉的活物
※ 每樣兩個，不限公母 ※
接住被遺棄者的淚水，記得
偶一回首的鹽柱

來，
不急，
等愛世人的神
學會愛我們

來，
不急，
悲傷就必須牽手
一起迎接惡意

「凡有血肉的活物，每樣兩個，一公一母」

——《創世記》六章十九節

「羅得的妻子在後邊回頭一看，就變成了一根鹽柱」

——《創世記》十九章二十六節

拍拍手計畫

〈與神棍同行〉

像昏庸的國王
餘生都得進貢
畢生的蒐藏
沒有誰想當閻羅
找到最完美的人
再宣判他無罪
看他歡歡喜喜離去
帶走你眷戀的氣味

像是過度善良
錯降沙漠的雪
餘生都得傾聽
仙人掌的埋怨
以前寂寞空虛
至少不覺得冷

不會有人試圖
成為地獄使者
例如牛頭馬面
終於對枷鎖下
哭泣的前女友

鼓起勇氣微笑
卻成為她來生
最專橫的夢魘

像孱弱的孩子總許願
交出所有寶物之前
最絢麗的那顆彈珠
裡頭藏著一支宇宙艦隊
已經全數傾滅

只有我願意
在陰曹地府為你辯護
迷戀你透明
乾淨
遂在卷宗上留下髒汙
強調你做過的好事
只有帶來痛楚
讓你每場攸關轉世的審判
通通敗訴

結辯
保持沉默
讓閻王為了雞毛蒜皮的理由

把你丟下油鍋
我會送你一顆破碎的彈珠
彈珠裡有復活的艦隊
復活的艦隊上住著流浪的國王
國王的新衣服裡
藏著安靜的仙人掌
我要在炙熱無望的世界
降成你唯一美好的冰雪

當你接住我
一臉無辜地詢問：
是什麼原因
讓我對你的善行究責？

我聳聳肩：
在揮之不去的鬼魂裡
你呀
最有陰德

〈願天下有情人終成糞土〉

願天下有情人終成
糞土
質地鬆軟
養分充足
身上開出新的花朵
舊時情人
長成繁蔭的大樹
小鹿在草地奔跑
亂撞
毫髮無傷

願天下有情人終成
故土
嫦娥從空中墜落
安穩著陸
后羿丟掉弓箭，揮鞭策馬
奔往此生唯一
不屬他的國度

願天下有情人終成
墳土

壞心皇后於此安葬
白馬王子帶走白雪
帶走從此幸福快樂
睡著的陽光
小矮人七慘愛錯
配合演出童話故事
忘了寫的結局：
白雪離開的午後突然
沒有笑聲的七戲
下葬公主透明棺木
從此記得
如何遺忘

只有魔鏡
偶爾憶起皇后
曾是倉皇的灰姑娘

願天下有情人終成
巧克力土
蓋起一幢又一幢糖果屋
大野狼與三隻小豬
攜手入住
賣火柴的小女孩

找到夢寐以求的寶物
——一隻好市多烤雞
不會唸咒語（我都唸 Costco）的胖女巫
下定決心吃素
森林裡的好奇兄妹
模仿陶淵明，尋向所誌
找不著麵包做的地圖
小紅帽跟瓶中精靈達成協議
如果維尼陪對方玩
誰也不能吃醋

願天下有情人終成
夢土
如果有山老鼠
在心底盜採砂石
請做好水土保持
每一顆淚水都接住

倘若有神
在波濤不興的海面
築起高山
那就敲敲甲板
讓愚公開路

假使有隕石像你
將走過的城市
吻成一片荒蕪
便深信
傷口總有一天
能被雨水平撫

〈ㄧㄡˇ ㄧˊ〉

有一個人
告訴我世上有純友誼
我不想同意
但我會找到辦法

ㄧㄡˇ ㄧˊ 個人
要搶占心
北的方向
我不想同意
但他會找到辦法

ㄧㄡˇ ㄧˊ 個人
希望我忘記
要我把過去
輕輕放下
我想同意
但沒辦法

鄭南榕基金會

〈Super Moon〉

遠路無端月色侵，馨香已故夢難尋。
唯聞后羿藏神箭，豈見嫦娥剪燭心？

〈Dear John〉

以為你是孤舟
蓑笠翁，妄想拿心
抹上你的魚鉤

後來明白
你是
卑鄙的姜太公

Dear John：
第二　張：

Thought you are a good joke
以為　你 是　孤　舟

Sorry...All I want is nothing more than your ego
蓑笠　翁，妄想　拿心　抹　上 你的 魚鉤

Until Now I realized that you are my baby, John...
後來　明白　你　是　卑鄙的 姜

Take whole my heart, Jonn.
太　公。嘜　哈，醬。

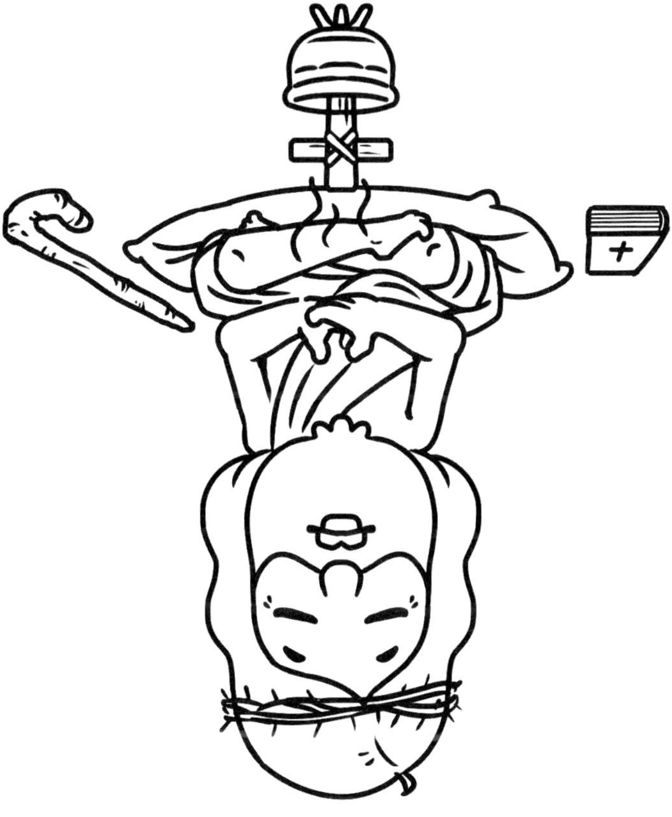

Good詩十九首

〈居禮夫人〉

跟居禮結婚
有人忽略我的名稱
跟他居禮力爭

跟包大人結婚
有人稱呼我包法利夫人
就說過獎了
沒有法力啦
心裡暗暗盤算
祭出狗頭鍘

嫁給酷斯拉
開著特斯拉
搬家到俄羅斯
向鍾女士（非吳太太、吳女鍾氏）堅稱
我並不是
斯拉夫人

跟柴契爾結婚
飛到南極
什麼鳥無視我的本名

就衝著他大喊
你柴契爾
你全家都企鵝

嫁給一位魯蛇
有人問起行蹤
誰敢說魯夫人
在偉大航道上
就當上海賊王
奪回我的寶藏

「不要叫我吳太太」
國民黨鍾沛君女士，在臉書發表貼文，主張不該將居禮夫人改名。網友在底下留言「吳太太說的真好」、並反諷她「吳女鍾氏」，她又留下自打臉的留言。

下週截稿但我還差〈Good詩十九首〉

每天都在，江西趕詩。
江東父母，江南 Style。
失血過多，詩寫過少。
想好開頭，忘了韻腳。
壓力山大，寫個山小。
我佛瓷杯，耶穌嫉妒
南無
大慈大杯，全冰全糖
小珍珠。

多不利鄧，鄧不利多。
佛若依德，你能不能
依我。

次韻〈下週截稿但我還差〈Good詩十九首〉〉

每天都在，嗑粥求件。
嗑禽嗑鹼，嗑少雞球。
腦袋就像，破釜盛粥。
抓到象徵，失去節奏。

僧多粥少，裝粥 Monday。
裝粥小孟迷糊跌，虧雞 Friday；
郭嘉門前有蕭何，後面有山坡。
路遙司馬懿，關羽你的歌。
曹操小鳥，孟德斯鳩。

關關睢鳩，在河吃粥。
窈窕淑女，一票難求。
你的鉛筆，有附筆芯。
我的新詩，沒風雅誦。

姊弟姊弟，菠蘿姊弟
菠蘿生姊弟
悲哀悲哀，鱈魚想死

想死 Go away
人生在詩不稱意，
明朝散髮魚片粥。

大廢粥章，粥油列國
粥兒覆屎，你可不能
負我

下週截稿and I've lost my faith〈遺憾的是我已失去我的廢詩〉

大象，大象
你的鼻子怎麼那麼長
大象說：靠腰喔
我是皮諾丘

大象，大象
你的脖子怎麼那麼長
大象說：你 mother
我是長頸鹿

大象，大象
你的大腿怎麼那麼粗
大象說：看不然咧
我就大象

大象，大象
你的影子怎麼那麼長
大象說：

曾經我的影子很短
那時太陽就在頭上
後來只要看到影子慢慢
慢慢變長
就知道生活
將失去眷戀的光

〈學長學弟制〉

學長學帝雉
給我看看好嗎？
都登上千元鈔票了
還想著當時
羽翼未豐的尾巴

學長學烏鴉
陪我說說話
在喧鬧的乾旱裡帶來一場及時
無語
而笑的
尷尬
啊。。。。啊。。。。啊。。。。

學長學喜鵲
幫我搭座橋啦
喜歡的女生在那頭
你不要一直講幹話

學長學鴕鳥
躲藏在我這裡吧

荒漠中的怪獸
不斷追著你跑
我願做你的沙

學長學鸚鵡
繼續學舌嘛
日子過了以後
依然唸著
曾經說過的話

小記：
這首詩寫給臺大中文男籃，寫給哈頓三巨頭。

大學時代，有一群籃球隊的學長學弟，他們占據我整個學生生活，成為我學生時代最重要的部分。

其中一位是小毛、一位是鯨鯨。小毛跟鯨鯨都住在社子，有時他們會找我一起去社子開曼哈頓會議（不知道哪個天才說社子島是台北曼哈頓……），我們自稱「哈頓三巨頭」。會議內容大概是喜歡哪個學妹，然後請其他兩位巨頭幫忙。巨頭們總是答應彼此（但遇到學妹又只會狂講幹話），不然就是練習打嘴砲，但並不是以講出好笑的笑話為目標，而是我們認為說出令人超無言的笑話才是真正的巨頭！所以常常在一陣沉默和尷尬之後，無法遏止地大笑起來。我個人在第六次哈頓會議獲得「諧音笑話界意見領袖」的殊榮，小毛為此很不服氣，他說以後一定要講一個讓我們笑到痛哭流涕的笑話。

曾經有一些很奇特的時刻，像是小毛當隊長時，醉倒在好漢坡上，肝腸寸斷地哭喊著自己不是好情人、好學長、好隊長，隊友們雖然很困惑為何「好情人」放在第一個，但還是將陷溺嘔吐物之中的小毛圍住，默默陪伴著他。或是鯨鯨考中文所卻為了英文而落榜，喝酒發酒瘋，怒將路邊水溝蓋一一掀開，可憐的大一學弟們只好合力將水溝蓋搬回去……

有一次暑訓，練完球後，球隊的日本學長Ki桑，直找大家吃三媽臭臭鍋。但大熱天的，真的好不想吃火鍋呀！
「吃三媽～」Ki說。
「不要啦，很熱耶！」小毛答。
「我是說，吃三嘛，吃舌嘛？」搞了半天，原來只是在問我們要「吃什麼？」
從那之後，每次練完球就會進入「學舌嘛」時間，一群人學著Ki說「吃舌嘛～」相當惡劣但又快意的球隊生活！

後來，鯨鯨成為陳黹，光采熠熠地登上舞臺，他是我們無語的驕傲，就像當年那一則又一則的諧音笑話。

再後來，小毛在群組裡宣布自己得了大腸癌，我們說這笑話爛透了，一點都不好笑。
小毛說是真的。
我們無語，然後痛哭流涕。小毛在多年後終於得償所願。

有時我會夢見自己又回到球場，跟隊友們練球，講著超廢的諧音笑話！
可惜在夢裡灌了籃，一瞬間便知道是夢，後悔著醒來。

〈超無用末世活屍生存指南（前幾個讀者很不幸地都被咬了）〉

#人類生存指南

*

準備一則超好笑的笑話
愛人變成活屍
想咬你？讓他笑到
合不攏嘴

*

準備一本喜歡的詩集
如果覺得寒冷
翻開特別溫暖那一首

*

準備一支鉛筆
寫下傷心的字句
每天早上爬上屋頂
朗誦給活屍聽
被包圍後
興高采烈告訴自己

這個世界很愛你
比以前更愛你
腦袋裡裝的東西

*

準備一把打火機
你總有一些後來
再也不敢拆開的信
總有一些房間
特別黑暗
你不停回去

*

避免愛過的人轉生
變成行屍走肉
瞄準曾迷戀的眼睛
不能只是把利刃
戳進胸口

傷透一顆心
遠遠不夠

*

遇到會說話的喪屍
趕緊逃跑
不要相信他們
總想說服你
讓你不再是一個人

活屍生存指南
我……Rrrrrrr
知道你已經拚盡全力
依然無處可逃
不必害怕
我會輕輕地囓咬你
讓你閉上眼
總是美麗
不再有可怕的喪屍
追逐著你，不再有更可怕的
活人覬覦
不會疲憊，一輩子
只深陷一片火海
只走入一次陷阱
生活不會更糟
斷了腿

就在原地煎熬

從此追逐一個人
不為了吃掉身體
或占據記憶
只是想問他亡命途中
有沒有看過流星
是不是也曾許願
可以再次睡得安穩
平靜
是不是希望擁有超能力
能走進過於真實的惡夢
將自己喚醒

〈性病情人〉

想過要盛開
成一朵菜花
無論你如何電燒、冰凍我
都沒在怕
在你脆弱的時候
默默冒出來
給你拍拍、向你告白
令人顫慄的愛意：
如果你的愛人恐懼離去
不必傷心。我會一直
一直守護著你

想過要成為病毒
沾沾自喜
作你最害羞的祕密
就能活在你不願透露的
私處，一片一片剝落
你的皮膚
讓你更加誠實
每個赤裸裸的謊
都悲傷得理直氣壯

：「我ㄇㄟˇ 毒」

想過要
讓愛滋生
愛得你全無抵抗能力
讓你在自瀆的夜
發現我對你
後天免疫

（但今天跟明天
又是另外一件事情）

想在你絕望醒來的清晨
遞上一杯雞尾酒
成為你的療法
全新且唯一

後來決定散成一片
無關痛
癢的紅疹
希望你按時擦藥、謹遵醫囑
平時沒事
常扶老太太過馬路

你需要的只是時間
就能將我根除

你笑得好開心
純淨且透明
像試管裡的疫苗
遺忘自己
曾經是一叢病株
蔓延在我潮溼
腐爛的根部

〈佛系基督徒〉

不查經、不思考、狂祈禱
只有神能定我罪
一週只有一天是基督徒
可以離婚，不能同婚
關心全球暖化
（都幾月了還這麼熱）
覺得陳思豪是異端
又愛追蹤他臉書

緣分到了，才想起自己不信佛
但也不是信基督

〈澳門首家線上賭場上線啦〉

我想對你說些
無修正的言語
帶你參加各種
大感謝祭
搭上癡漢公車
載你到野外露出
燦爛而溫暖的笑容
沿途的風景
都被你治癒
我要送你絕頂升天
紙飛機
在 100 人守護大戰之中
看你安然離去

我想前往夜勤病棟
索討一顆身體說不要
嘴巴倒是
很誠實的藥
從此活在沒有謊言的世界裡
東尼大木願意承認
自己的真實身分

是周杰倫
微笑的人不必隱瞞
雙眼其實常常
潮噴

我要抓住身材曼妙的女搜查官
向她控訴你
未經同意就進入
我的心裡
並且在無路可逃的女高中生面前掏出
時間停止器
按下按鈕，讓自己暫停

你只會輕輕詫異
而我珍藏許久的怪獸
已經沒有機會送給你
你不解開我的封印
我就不會
傷害你

我想按下時間停止器
在你的嘴裡塞滿
甜甜的布丁

讓你充滿驚喜
仔細想起來
又有些恐懼
像柯南跟金田一
發現新的屍體
像第一次承受
拓也哥施展絕技
像我偶爾回頭
嗅出你的身影

我做了許多研究
不停瀏覽一劍浣春秋
可惜你並不看 AV
你一直搞不懂 AV 的劇情

你無法明白
相見四秒
並不只有四秒過去
回憶裡總有一刻
是木暮的夏季
一顆三分球
就演了一集

你無法知道
我已經成為魔鏡號
行駛在人來人往的鬧區
裡頭正在進行一場
死戰
沒有人看到

你不會發現
我逐漸厭倦
穿著緊身白衣
只在你的眼裡
透明

我也無從分辨
澳門首家線上賭場上線
尻掉一場
欺騙自己的謊言

你的形狀
是不是還在
我裡面

〈我想當你的新上人〉

為你講道
述說神就是愛、愛就是犧牲
你儘管對這世界耍耍地獻身吧
盡一切善意
保護你的仇敵
沉入透明的湖底
上人向你保證
做了這麼多好事一定可以
在十架上斷氣

為你闡釋一段
五餅二魚的聖經
上人跟你說明
神的愛是那麼正義公平
有人白白吃飽
有人仍須
割肉餵鷹

為你誦經
誦你流星作的錦囊
讓你在我的夢裡還有星星

指引方向
指引你走出夢境未斷的
晨光

為你解一首籤詩：何處惹塵埃
為你在最深的夜裡
點亮燭房，再以流塵
撲滅燭光
讓你終於尋思
像我這樣一介塵土
有多絕望

我想勸你改信
逼你叛教
我願如推銷蘋果的蛇
說服你背離神
我將告訴你世界沒有愛

然後我再敝帚自珍地拿出來

你信我
我想當你的新上人

隧道的盡頭是光
也許一顆光芒已流失消逝的星。
未來還有機會，在夜幕之中重逢……